罵尸蟲文 并序

有道士言：『人皆有尸蟲三，處腹中，伺人隱微失誤，輒籍記。日庚申，幸其人之昏睡，出讒於帝以求饗。以是人多謫過、疾癘、夭死。』柳子特不信，曰：『吾聞聰明正直者爲神。帝，神之尤者，其爲聰明正直宜大也，安有下比陰穢小蟲，縱其狙詭，延其變詐，以害于物，而又悦之以饗？其爲不宜也殊甚！吾意斯蟲若果爲是，則帝必將怒而戮之，投于下土，以殄其類，俾夫人咸得安其性命而苛慝不作，然後爲帝也。』余既處卑，不得質之于帝，而嫉斯蟲之説，爲文而罵之。

來，尸蟲！汝曷不自形其形？陰幽詭側而寓乎人，以賊厥靈。膏肓是處兮，不擇穢卑；潛窺默聽兮，導人爲非；冥持札牘兮，摇動禍機；卑陬拳縮兮，宅體險微。以曲爲形，以邪爲質；以仁爲凶，以僭爲吉；以淫諛諂誣爲族類，以中正和平爲罪疾；以通行直遂爲顛蹶，以逆施反鬭爲安佚。譖下謾上，恒其心術，妬人之能，幸人之失。利昏伺睡，旁睨竊出，走讒于帝，遽人自屈。羃然無聲，其意乃畢。求味己口，胡人之恤！彼脩蛕恙心，短蟯穴胃，外搜疥癘，下索瘻痔，侵人肌膚，爲己得味。世皆禍之，則惟汝類。良醫刮殺，聚毒攻餌。旋死無餘，乃行正氣。汝雖巧能，未必爲利。帝之聰明，宜好正直，寧懸嘉饗，答汝讒慝？叱付九關，貽虎豹食。下民舞蹈，荷帝之力。是則宜然，何利之得！速收汝之生，速滅汝之精。蓐收震怒，將勑雷霆，擊汝酆都，糜爛縱橫。俟帝之命，乃施于刑。群邪殄夷，大道顯明，害氣永革，厚人之生。豈不聖且神歟！

祝曰：尸蟲逐，禍無所伏，下民百禄。惟帝之功，以受景福。尸蟲誅，禍無所廬，下民其蘇。惟帝之德，萬福來符。臣拜稽首，敢告于玄都。

按：公此文蓋有所寓耳。永貞中，公以黨累貶永州司馬。宰相惜其才，欲澡濯用之，詔補袁州刺史。其後諫官頗言不可用，遂罷。當時之讒公者衆矣，假此以嫉其惡也。當是謫永州後作也。

斬曲几文

后皇植物，所貴乎直。聖主取焉，以建家國。亘爲棟楹，齊爲閫閾。外隅平端，中室謹飭。度焉以几，維量之則。君子憑之，以輔其德。末代淫巧，不師古式。斷兹揉木，以限肘腋。欹形詭狀，曲程詐力。制類奇邪，用絶繩墨。勾身陋狹，危足僻側。支不得舒，脅不遑息。余胡

斯蓄，以亂人極！

追咎厥始，惟物之殘。禀氣失中，遭生不完。託地墝埆，反時燠寒。鬱悶結澀，癃蹇艱難。不可以遂，遂虧其端。離奇詰屈，縮恧巑岏。含蝎孕蠹，外邪中乾。或因先容，以售其蟠。病夫甘焉，制器以安。彼風毒敗形，陰沴遷魄。禍氣侵骨，淫神化脈。體仄筋倦，榮乖衛逆。乃喜兹物，以爲己適。器之不祥，莫是爲敵。烏可昵近，以招禍癖。

且人道甚惡，惟曲爲先。在心爲賊，在口爲愆。在肩爲僂，在膝爲攣。戚施踦跂，匍匐拘拳。古皆斥遠，莫致於前。問誰其類，惡木盗泉。朝歌回車，簡牘載焉。昭王市骨，樂毅歸燕。今我斬此，以希古賢。諂諛宜惕，正直宜宣。道焉是達，法焉是專。咨爾君子，曷不乾乾！既和且平，獲祐於天。去惡在微，慎保其傳。

按：觀其文，蓋指當時以諂曲獲用者。又謂上之人不明，棄直而用曲，則不才者進。其旨微矣。皆貶謫後作，與前篇相先後云。

宥蝮蛇文 并序

家有僮，善執蛇。晨持一蛇來謁曰：『是謂蝮蛇。犯於人，死不治。又善伺人，聞人咳喘步驟，輒不勝其毒，捷取巧噬肆其害。然或慊不得於人，則愈怒，反嚙草木，草木立死。後人來觸死莖，猶墮指、攣腕、腫足，爲廢病。必殺之，是不可留。』余曰：『汝惡得之？』曰：『得之榛中。』曰：『榛中若是者可既乎？』曰：『不可，其類甚博。』余謂僮曰：『彼居榛中，汝居宫内，彼不即汝，而汝即彼，犯而鬬死，以執而謁者，汝實健且險，以輕近是物。然而殺之，汝益暴矣。彼耕

穫者，求薪蘇者，皆土其鄉，知防而入焉，執耒、操鞭、持芟，扑以遠其害。汝今非有求於榛者也，密汝居，易汝庭，不凌奥，不步闇，是惡能得而害汝？且彼非樂爲此態也，造物者賦之形，陰與陽命之氣，形甚怪僻，氣甚禍賊，雖欲不爲是，不可得也。是獨可悲憐者，又孰能罪而加怒焉？汝勿殺也。』余悲其不得已而所爲若是，叩其脊，諭而宥之。其辭曰：

吾悲夫天形汝軀，絶翼去足，無以自扶，曲膂屈脅，惟行之紆。目兼蜂蠆，色混泥塗，其頸蹙恧，其腹次且，褰鼻鉤牙，穴出榛居。蓄怒而蟠，銜毒而趨，志蘄害物，陰妬潛狙。汝之禀受若是，雖欲爲黿爲蠙，焉可得已？凡汝之爲惡，非樂乎此，緣形役性，不可自止。草摇風動，百毒齊起，首拳脊努，呻舌摇尾。不逞其凶，若病乎己。世皆寒心，我獨悲爾。吾將

薙吾庭，葺吾楹，窒吾垣，嚴吾扃，俾奥草不植，而穴隟不萌。與汝異途，不相交争。雖汝之惡，焉得而行？

嘻！造物者胡甚不仁，而巧成汝質。既禀乎此，能無危物？賊害無辜，惟汝之實。陰陽爲戾，假汝忿疾。余胡汝尤，是戮是抶。有汝于野，自求終吉。彼樵豎持芟，農夫執耒，不幸而遇，將除其害，餘力一揮，應手糜碎。我雖汝活，其惠實大。他人異心，誰釋汝罪？形既不化，中焉能悔？嗚呼悲乎！汝必死乎！毒而不知，反訟其内。今雖寬焉，後則誰賚？陰陽爾，造化爾，道烏乎在？可不悲歟！

按：晁無咎取《駡尸蟲》《憎王孫》并此《宥蝮蛇文》，以附《變騷》，繫之曰：《離騷》以虬龍鸞鳳託君子，以惡禽臭物指讒佞。王孫、尸蟲、蝮蛇，小人讒佞之類也。其憎之也，駡之也，投畀有北之意也；其宥之也，以遠小人不惡而嚴之意也。蓋《離騷》備此義，而宗元放之焉。蝮，音覆。

憎王孫文

猨、王孫居異山，德異性，不能相容。猨之德静以恒，類仁讓孝慈。居相愛，食相先，行有列，飲有序。不幸乖離，則其鳴哀。有難，則内其柔弱者。不踐稼蔬。木實未熟，相與視之謹；既熟，嘯呼群萃，然後食，衎衎焉。山之小草木，必環而行，遂其植。故猨之居山恒鬱然。王孫之德躁以囂，勃諍號呶，唶唶彊彊，雖群不相善也。食相噬嚙，行無列，飲無序。乖離而不思。有難，推其柔弱者以免。好踐稼蔬，所過狼籍披攘。木實未熟，輒齕齩投注。竊取人食，皆知自實其嗛。山之小草木，必凌挫折挽，使之瘁然後已。故王孫之居山恒蒿然。以是猨群衆則逐王孫，王孫群衆亦齘猨。猨棄去，終不與抗。然則物之甚可憎，莫王孫若也。余棄山間久，見其趣如是，作《憎王孫》云。

湘水之漱漱兮，其上群山。胡兹鬱而彼瘁兮，善惡異居其間。惡者王孫兮善者猨，環行遂植兮止暴殘。王孫兮甚可憎！噫，山之靈兮，胡不賊旃？跳踉叫囂兮，衝目宣斷。外以敗物兮，内以争群。排鬬善類兮，譁駭披紛。盜取民食兮，私己不分。充嗛果腹兮，驕傲歡欣。嘉華美木兮碩而繁，群披競嚙兮枯株根。毁成敗實兮更怒喧，居民怨苦兮號穹旻。王孫兮甚可憎！噫，山之靈兮，胡獨不聞？

猨之仁兮，受逐不校。退優游兮，惟德是傚。廉、來同兮聖囚，禹、稷合兮凶誅。群小遂兮君子違，大人聚兮孽無餘。善與惡不同鄉兮，否泰既兆其盈虚。伊細大之固然兮，乃禍福之攸趨。王孫兮甚可憎！噫，山之靈兮，胡逸而居？

按：後漢王延壽嘗爲《王孫賦》，有云：顔狀類乎老翁，軀體似乎小兒。王孫，蓋猴類而小者也。陳長方云：余嘗疑《宥蝮蛇》《憎王孫文》序已述其意，詞又述之。閭丘鑄曰：柳子晚年學佛書，先述其義，乃作偈曰，柳子熟之，下筆遂爾。余爲一笑。

逐畢方文 并序

永州元和七年夏，多火災。日夜數十發，少尚五六發，過三月乃止。八年夏，又如之。人咸無安處，老弱燔死，晨不爨。夜不燭，皆列坐屋上，左右視，罷不得休。蓋類物爲之者。訛言相驚，云有怪鳥，莫實其狀。《山海經》云：章莪之山，有鳥如鶴，一足，赤文白喙，其名曰畢方，見則其邑有譌火。若今火者，其可謂譌歟？而人有以鳥傳者，其畢方歟？遂邑中狀而圖之，禳而磔之，爲之文而逐之。

后皇庇人兮，敬授群材。大施棟宇兮，小蔽草萊。各有攸宅兮，時闔而開。火炎爲用兮，化食生財。胡今茲之怪戾兮，日十爇而窮災。朝儲清以聯邃兮，夕蕩覆而爲灰。焚傷羸老兮，炭死童孩。叫號隳突兮，户駭人哀。祖夫狂走兮，倏忽往來。鬱攸孽暴兮，混合恢台。民氣不舒兮，偃踣顛頹。休炊息燎兮，仄伏煨煤。門甍晦黑兮，啓伺奸回。若墜之天兮，若生之鬼。令行不訛兮，國恐盍已。問之禹書，畢方是祟。

嗟爾畢方兮，胡肆其志？皇亶聰明兮，念此下地。災皇所愛兮，僇死無貳。幽形扇毒兮，陰險詭異。汝今不懲兮，衆訴咸至，皇斯震怒兮，殄絶汝類。祝融悔禍兮，回禄屏氣。太陰施威兮，玄冥行事。汝雖赤其文，隻其趾，逞工衒巧，莫救汝死。黠知急去兮，愚乃止此。高飛兮翱翔，遠伏兮無傷。海之南兮天之裔，汝優游兮可卒歲。皇不怒兮永汝世，日之良兮今速逝。急急如律令！

辨伏神文 并序

余病痞且悸，謁醫視之。曰：『惟伏神爲宜。』明日，買諸市，烹而餌之，病加甚。召醫而尤其故，醫求觀其滓。曰：『吁！盡老芋也。彼鬻藥者欺子而獲售。子之懵也，而反尤於余，不以過乎？』余戍然慚，愾然憂。推是類也以往，則世之以芋自售而病乎人者衆矣，又誰辨焉！申以詞云：

伏神之神兮，惟餌之良。愉心舒肝兮，魂平志康。毆開滯結兮，調護柔剛。和寧悦懌兮，復彼恒常。休嘉訢合兮，邪怪遁藏。君子食之兮，其樂揚揚。余殆於理兮，榮衛蹇極。伏杯積塊兮，悸不得息。有醫導余兮，求是以食。往沽之市兮，欣然有得。滌濯爨烹兮，專恃爾力。反增余疾兮，昏憒馮塞。余駭其狀兮，往尤于醫。微滓以觀兮，既笑而嘻。曰子胡昧愚兮，茲謂蹲鴟。處身猥大兮，善植圩卑。受氣頑昏兮，陰僻欹危。累積星紀兮，以老爲奇。潛苞水土兮，混雜蝝蚳。不幸充腹兮，惟痼之宜。野夫忮害兮，假是以欺。刮肌刻貌兮，觀者勿疑。中虚以脆兮，外澤而夷。誤而爲餌兮，命或殆而。今無以追兮，後慎觀之。

嗚呼！物固多僞兮，知者蓋寡。考之不良兮，求福得禍。書而爲詞兮，願寤來者。

訴螭文 并序

零陵城西有螭，室于江。法曹史唐登浴其涯，螭牽以入。一夕，浮水上。吾聞凡山川必有神司之，抑有是耶？於是作《訴螭》投之江曰：

天明地幽，孰主之兮？壽善夭殤，終何爲兮？堆山釃江，司者誰兮？突然爲人，使有知兮。畏危慮害，趨走祗兮。父母孔愛，妻子嘻兮。出入公門，不獲非兮。湫湫湘流，清且微兮。陰幽洞石，蓄怪螭兮。胡濯茲熱，卒無歸兮。親戚叫號，閭里思兮。魂其安游，覲湘纍兮。嗟爾怪螭，害江湄兮。游泳重瀾，物莫威兮。蟉形決目，潛伺窺兮。膏血是利，私自肥兮。歲既大旱，澤莫施兮。妖猾下民，使顛危兮。充心飽腹，肆敖嬉兮。洋洋往復，流逶迤兮。惟神高明，胡縱斯兮？蔑棄無辜，逞怪姿兮。胡不降罰，肅川坻兮。舟者欣欣，游者熙兮。蒲魚浸用，吉無疑兮。牲牷玉帛，人是依兮。匪神之訴，將安期兮。神之有亡，於是推兮。投之北流，心孔悲兮。

哀溺文 并序

永之氓咸善游。一日，水暴甚，有五六氓乘小船絶湘水。中濟，船破，皆游。其一氓盡力而不能尋常。其侶曰：『汝善游最也，今何後爲？』曰：『吾腰千錢，重，是以後。』曰：『何不去之？』不應，摇其首。有頃，益怠。已濟者立岸上，呼且號曰：『汝愚之甚！蔽之甚！身且死，何以貨爲？』又摇其首，遂溺死。吾哀之。且若是，得不有大貨之溺大氓者乎？於是作《哀溺》。

吾哀溺者之死貨兮，惟大氓之爲憂。世濤鼓以風湧兮，浩滉蕩而無舟。不讓祿以辭富兮，又旁窺而詭求。手足亂而無如兮，負重踰乎崇丘。既浮頤而滅膂兮，不忍釋利而離尤。呼號者之莫救兮，愈摇首以沉流。髮披鬤以舞瀾兮，魂倀倀而焉游？黿鼉互進以争食兮，魚鮪族而爲羞。始貪贏以嗇厚兮，終負禍而懷讎。前既没而後不知懲兮，更攬取而無時休。哀茲氓之蔽愚兮，反賊己而從仇。不量多以自諫兮，姑指幸者而爲謀。

夫人固靈於鳥魚兮，胡昧罻而蒙鈎！大者死大兮，小者死小。善游雖最兮，卒以道夭。與害偕行兮，以死自繞。推今而鑒古兮，鮮克以保其生。衣寶焚紂兮，專利滅榮。豺狼死而猶餓兮，牛腹尸而不盈。民既貿貿而無知兮，故與彼咸謚爲氓。死者不足哀兮，冀中人爲余再更。噫！

按：文蓋指事寓意，與《招海賈》之説同。

招海賈文

咨海賈兮，君胡以利易生而卒離其形？大海盪泊兮，顛倒日月。龍魚傾側兮，神怪隳突。滄茫無形兮，往來遽卒。陰陽開闔兮，氛霧滃渤。君不返兮逝怳惚。舟航軒昂兮，下上飄鼓。騰趠嶢嵲兮，萬里一睹。崒入泓坳兮，視天若畝。奔螭出抃兮，翔鵬振舞。天吴八首兮，更笑迭怒。垂涎閃舌兮，揮霍旁午。君不返兮終爲虜。黑齒齹鬖鱗文肌，三角駢列耳離披。反齗叉牙踔嵚崖，蛇首豨鬣虎豹皮。群没互出讙遨嬉，臭腥百里霧雨瀰。君不返兮以充飢。弱水蓄縮，其下不極。投之必沉，負羽無力。鯨鯢疑畏，淫淫嶷嶷。君不返兮卒自賊。怪石森立涵重淵，高下迾置滔危顛，崩濤搜疏剡戈鋋。君不返兮砉沉顛。其外大泊泙潏淪，終古迴薄旋天垠，八方易位更錯陳。君不返兮亂星辰。東極傾海流不屬，泯泯超忽紛蕩沃。殆而一跌兮，沸入湯谷，舳艫霏解梢若木。君不返兮魂焉薄？海若嗇貨號風雷，巨鼇頷首丘山頹，猖狂震虩翻九垓。君不返兮糜以摧。

咨海賈兮君胡樂，出幽險而疾平夷。悔駭愁苦，而以忘其歸。上黨易野恬以舒，蹈蹂厚土堅無虞。歧路脈布彌九區，出無入有百貨俱。周游傲睨神自如，撞鐘擊鮮恣歡娱。君不返兮欲誰須？膠鬲得聖捐鹽魚，范子去相安陶朱，吕氏行賈南面孤，弘羊心計登謀謨，煮鹽大冶九卿居。禄秩山委收國租，賢智走諸争下車，逍遥縱傲世所趨。君不返兮謚爲愚。

咨海賈兮，賈尚不可爲，而又海是圖。死爲險魄兮，生爲貪夫。亦獨何樂哉？歸來兮，寧君軀。

按：此文，晁無咎取以續《楚辭》，繫之曰：昔屈原不遇於楚，徬徨無所依，欲乘雲騎龍，遨游八極，以從己志而不可，猶怛然念其故國。至于將死，精神離散，四方上下，無所不往。又有衆鬼虎豹怪物之害，故大招其魂而復之，言皆不若楚國之樂者。《招海賈文》雖變其義，蓋取諸此也。宗元以謂崎嶇冒利，遠而不復，不如己故鄉常産之樂，亦以諷世之士行險僥倖，不如居易以俟命云。賈，音古。

弔萇弘文

有周之羸兮，邦國異圖。臣乘君則兮，王易爲侯。威强逆制兮，鬱命轉幽。疹蠱膠密兮，肝膽爲仇。姦權蒙貨兮，忠勇以劉。伊時云幸兮，大夫之羞。嗚呼危哉！河、渭潰溢兮，横軀以抑。嵩高坼陊兮，舉手排直。壓溺之不慮兮，堅剛以爲式。知死不可撓兮，明章人極。

夫何大夫之炳烈兮，王不寤夫讒賊。卒施快於剽狡兮，怛就制乎强

國。松柏之斬刈兮，蓊茸欣植。盜驪折足兮，罷駑抗臆。鷙鳥之高翔兮，孽孤惴而不食。竊畏忌以群朋兮，夫孰病百而伸一。挺寡以校衆兮，古聖人之所難。矧援羸以威慠兮，兹固蹈殆而違安。殺身之匪予戚兮，閔宗周之不完。豈成城以夸功兮，哀清廟之將殘。嫉彪子之肆誕兮，彌皇覽以爲謾。姑舍道以從世兮，焉用夫考古而登賢。

指白日以致憤兮，卒頹幽而不列。版上帝以飛精兮，黮寥廓而殄絶。竭馮雲以羾訴兮，終冥冥以鬱結。欲登山以號辭兮，愈洋洋以超忽。心沍涸其不化兮，形凝冰而自慄。圖始而慮末兮，非大夫之操。陷瑕委厄兮，固衰世之道。知不可而愈進兮，誓不偷以自好。陳誠以定命兮，侔貞臣與爲友。比干之以仁義兮，緬遼絶以不群。伯夷殉潔以莫怨兮，孰克軌其遺塵？苟端誠之内虧兮，雖耆老其誰珍？古固有一死兮，賢者樂得其所。大

夫死忠兮，君子所與。嗚呼哀哉！敬弔忠甫。

按：晁無咎取此文於《變騷》，而爲之說曰：《弔萇弘文》者，宗元之所作也。萇弘，字叔，周靈王之賢臣，爲劉文公之屬大夫。敬王十年，劉文公與弘欲城成周，使告於晉。魏獻子莅政，悦萇弘而與之，合諸侯于狄泉。衛彪傒曰：萇弘其不殁乎！周《詩》有之曰：天之所壞，不可支也。及范、中行之難，周人殺萇弘。莊周云：萇弘死，藏其血，三年而化爲碧。蓋語其忠誠然也。宗元哀弘以忠死，故弔云。

弔屈原文

後先生蓋千祀兮，余再逐而浮湘。求先生之汨羅兮，攬蘅若以薦芳。願荒忽之顧懷兮，冀陳辭而有光。

先生之不從世兮，惟道是就。支離搶攘兮，遭世孔疚。華蟲薦壤兮，

進御羔褏。牝鷄咿嚘兮，孤雄束咮。哇咬環觀兮，蒙耳大呂。堇喙以爲羞兮，焚棄稷黍。犴獄之不知避兮，宮庭之不處。陷塗藉穢兮，榮若繡黼。榱折火烈兮，娛娛笑舞。讒巧之嘵嘵兮，惑以爲《咸池》。便媚鞠恧兮，美逾西施。謂謨言之怪誕兮，反寘瑱而遠違。匿重痼以諱避兮，進俞、緩之不可爲。

何先生之凛凛兮，厲鍼石而從之。但仲尼之去魯兮，曰吾行之遲遲。柳下惠之直道兮，又焉往而可施？今夫世之議夫子兮，曰胡隱忍而懷斯？惟達人之卓軌兮，固僻陋之所疑。委故都以從利兮，吾知先生之不忍；立而視其覆墜兮，又非先生之所志。窮與達固不渝兮，夫唯服道以守義。矧先生之悃愊兮，蹈大故而不貳。沉璜瘞珮兮，孰幽而不光？荃蕙蔽匿兮，胡久而不芳？

先生之貌不可得兮，猶髣髴其文章。託遺編而嘆喟兮，涣余涕之盈眶。呵星辰而驅詭怪兮，夫孰救於崩亡？何揮霍夫雷電兮，苟爲是之荒茫。耀姱辭之曭朗兮，世果以是之爲狂。哀余衷之坎坎兮，獨蘊憤而增傷。諒先生之不言兮，後之人又何望。忠誠之既内激兮，抑銜忍而不長。芈爲屈之幾何兮，胡獨焚其中腸？

吾哀今之爲仕兮，庸有慮時之否臧！食君之禄畏不厚兮，悼得位之不昌。退自服以默默兮，曰吾言之不行。既媮風之不可去兮，懷先生之可忘！

按，晁無咎序此文於《變騷》曰：《弔屈原文》者，柳宗元之所作也。原没，賈誼過湘，初爲賦以弔原。至揚雄，亦爲文，而頗反其辭，自嵋山投諸江以弔之。誼愍原忠，逢時不祥，以比鸞鳳、周鼎之竄棄。雄則以義責原，何必沉身？二人者不同，亦各從志也。及子厚得罪，與昔人離讒去國者異，太史公所謂虞卿非窮愁，亦不能著書以自見於世者。故補之論宗元之《弔屈原》，殆困而知悔者，其辭慚矣。

弔樂毅文

許縱自燕來，曰：燕之南有墓焉，其志曰『樂生之墓』。余聞而哀之。其返也，與之文使弔焉。

大厦之騫兮，風雨萃之。車亡其軸兮，乘者棄之。嗚呼夫子兮，不幸類之。尚何爲哉？昭不可留兮，道不可常。畏死疾走兮，狂顧傍徨。燕復爲齊兮，東海洋洋。嗟夫子之專直兮，不慮後而爲防。胡去規而就矩兮，卒陷滯以流亡。惜功美之不就兮，俾愚昧之周章。豈夫子之不能兮，無亦惡是之遑遑。仁夫對趙之惻款兮，誠不忍其故邦。君子之容與兮，彌億載而愈光。諒遭時之不然兮，匪謀慮之不長。跽陳辭以隕涕兮，仰視天之茫茫。苟偷世之謂何兮，言余心之不臧！

按，晁無咎曰：《弔樂毅文》者，宗元之所作也。樂毅，其先曰樂羊。燕昭王以子之之亂而齊大敗燕，昭王怨之，未嘗一日而忘報齊也。乃先禮郭隗，而毅往委質焉，以爲上將軍，下齊七十餘城。田單間之，毅畏誅，遂降趙。以書遺燕惠王曰：『臣聞聖賢之君，功立而不廢，故著於《春秋》；勇知之士，名成而不毀，故稱於後世。』公傷毅之有功而不見知，而以讒廢也，故弔云。是以附諸《變騷》。一本作《弔樂生文》。

伊尹五就桀贊

伊尹五就桀。或疑曰：『湯之仁聞且見矣，桀之不仁聞且見矣，夫胡去就之亟也？』柳子曰：『惡，是吾所以見伊尹之大者也。彼伊尹，聖人也。聖人出於天下，不夏、商其心，心乎生民而已。曰：「孰能由吾言？由吾言者爲堯、舜，而吾生人堯、舜人矣。」退而思曰：「湯誠仁，其功遲；桀誠不仁，朝吾從而暮及於天下可也。」於是就桀。桀果不可得，反而從湯。既而又思曰：「尚可十一乎？使斯人蚤被其澤也。」又往就桀。桀不可，而又從湯。以至於百一、千一、萬一，卒不可，乃相湯伐桀。俾湯爲堯、舜，而人爲堯、舜之人，是吾所以見伊尹之大者也。仁至於湯矣，四去之；不仁至於桀矣，五就之，大人之欲速其功如此。不然，湯、桀之辨，一恒人盡之矣，又奚以憧憧聖人之足觀乎？吾觀聖人之急生人，莫若伊尹；伊尹之大，莫若於五就桀。』作《伊尹五就桀贊》：

聖有伊尹，思德於民。往歸湯之仁，曰仁則仁矣，非久不親。退思其速之道，宜夏是因。就焉不可，復反亳殷。猶不忍其遲，亟往以觀。庶狂作聖，一日勝殘。至千萬冀一，卒無其端。五往不疲，其心乃安。遂升自陑，黜桀尊湯，遺民以完。大人無形，與道爲偶。道之爲大，爲人父母。大矣伊尹，惟聖之首。既得其仁，猶病其久。恒人所疑，我之所大。嗚呼遠哉！志以爲誨。

按：觀人之言，必求其意。柳子贊伊尹，謂其去湯就桀，意桀改過而救民之速，學者皆信其説。蘇氏曰：不然，湯之當王久矣，伊尹何疑焉？桀能改過而免於討，可庶幾也。能用伊尹而得志於天下，雖至愚知其不然。宗元意欲以此自解説其從二王之罪也。蘇氏可謂能以意逆志矣。

梁丘據贊

齊景有嬖，曰梁丘子，同君不爭，古號媚士。君悲亦悲，君喜亦喜。

曷賢不贊？卒贊於此。媚余所仇，激贊有以。梁丘之媚，順心狎耳。終不撓厥政，不嫉反己。晏子躬相，梁丘不毀。愍其爲政，政實允理。時睹晏子食，寡肉缺味。愛其不飽，告君使賜。中心樂焉，國用不墜。後之嬖君，罕或師是。導君以諛，聞正則忌。讒賢協惡，民盡國圮。嗚呼！豈惟賢不逮古，嬖亦莫類。梁丘可思，又况晏氏？激贊梁丘，心焉孔瘁！

按，韓曰：以孟子之賢，而臧倉猶得以沮君。梁丘據不毀晏子之賢，是誠可取。公之竄逐遠方，左右近臣無一人爲之地者，故曰激贊梁丘，誠有以哉。

師友箴 并序

今之世，爲人師者，衆笑之，舉世不師，故道益離；爲人友者，不以道而以利，舉世無友，故道益棄。嗚呼！生於是病矣，歌以爲箴。

既以儆己，又以誡人。

不師如之何？吾何以成！不友如之何？吾何以增！吾欲從師，可從者誰？借有可從，舉世笑之。吾欲取友，誰可取者？借有可取，中道或捨。仲尼不生，牙也久死，二人可作，懼吾不似。中焉可師，耻焉可友，謹是二物，用惕爾後。道苟在焉，傭丐爲偶；道之反是，公侯以走。內考諸古，外考諸物，師乎友乎，敬爾毋忽！

敵戒

皆知敵之仇，而不知爲益之尤；皆知敵之害，而不知爲利之大。秦有六國，兢兢以强，六國既除，訑訑乃亡。晋敗楚鄢，范文爲患，厲之不圖，舉國造怨。孟孫惡臧，孟死臧恤，藥石去矣，吾亡無日。智能知之，猶卒以危，矧今之人，曾不是思！敵存而懼，敵去而舞，廢備自盈，秪益爲痡。敵存滅禍，敵去召過，有能知此，道大名播。懲病克壽，矜壯死暴，縱欲不戒，匪愚伊耄。我作戒詩，思者無咎。

按：入則無法家拂士，出則無敵國外患者，國常亡。子厚《敵戒》，其立意亦同《孟子》。嘗竊思范文子之言，而後知孟子、柳子之説有爲而發。文子云：『惟聖人能外內無患，自非聖人，外寧必有內憂。』此晋厲公侈，文子欲釋楚爲外懼之言也。審此，則孟子之存敵國，固以警戰國之君；而子厚之爲《敵戒》，亦爲德宗、順宗設耳。

三戒 并序

吾恒惡世之人，不知推己之本，而乘物以逞，或依勢以干非其類，出技以怒强，竊時以肆暴，然卒迨于禍。有客談麋、驢、鼠三物，似其事，作《三戒》。

臨江之麋

臨江之人，畋得麋麑，畜之。入門，群犬垂涎，揚尾皆來。其人怒，怛之。自是日抱就犬，習示之，使勿動，稍使麋與之戲。積久，犬皆如人意。麋麑稍大，忘己之麋也，以爲犬良我友，抵觸偃仆，益狎。犬畏主人，與之俯仰甚善，然時啖其舌。三年，麋出門，見外犬在道甚衆，走欲與爲戲。外犬見而喜且怒，共殺食之，狼藉道上。麋至死終不悟。

黔之驢

黔無驢，有好事者船載以入。至則無可用，放之山下。虎見之，尨然大物也，以爲神。蔽林間窺之，稍出近之，慭慭然莫相知。他日，驢一鳴，虎大駭，遠遁，以爲且噬己也，甚恐。然往來視之，覺無異能者。益習其聲，

又近出前後，終不敢搏。稍近，益狎，蕩倚衝冒，驢不勝怒，蹄之。虎因喜，計之曰：『技止此耳！』因跳踉大㘎，斷其喉，盡其肉，乃去。噫！形之尨也類有德，聲之宏也類有能。向不出其技，虎雖猛，疑畏，卒不敢取。今若是焉，悲夫！

永某氏之鼠

永有某氏者，畏日，拘忌特甚。以爲己生歲直子，鼠，子神也。因愛鼠，不畜猫犬，禁僮勿擊鼠。倉廩庖厨，悉以恣鼠不問。由是鼠相告，皆來某氏，飽食而無禍。某氏室無完器，椸無完衣，飲食大率鼠之餘也。晝累累與人兼行，夜則竊嚙鬭暴，其聲萬狀，不可以寢。終不厭。數歲，某氏徙居他州。後人來居，鼠爲態如故。其人曰：『是陰類惡物也，盗暴尤甚，且何以至是乎哉！』假五六猫，闔門撤瓦，灌穴，購僮羅捕之。殺鼠如丘，

棄之隱處，臭數月乃已。嗚呼！彼以其飽食無禍爲可恒也哉！

按，東坡曰：予讀柳子厚《三戒》而愛之，乃擬作《河豚魚》《烏賊魚》二說，并序，以自警也。見坡集。

舜禹之事

魏公子丕，由其父得漢禪。還自南郊，謂其人曰：『舜、禹之事，吾知之矣。』由丕以來皆笑之。

柳先生曰：丕之言若是可也。嚮者丕若曰：『舜、禹之道，吾知之矣。』丕罪也。其事則信。吾見笑者之不知言，未見丕之可笑者也。

凡易姓授位，公與私，仁與强，其道不同；而前者忘，後者繫，其事同。使以堯之聖，一日得舜而與之天下，能乎？吾見小爭於朝，大爭於野，其爲亂，堯無以已之。何也？堯未忘於人，舜未繫於人也。堯之得於舜也以聖，舜之得於堯也以聖，兩聖獨得於天下之上，奈愚人何？其立於朝者放齊猶曰『朱啓明』，而況在野者乎？堯知其道不可，退而自忘；舜知堯之忘己而繫舜於人也，進而自繫。舜舉十六族，去四凶族，使天下咸得其人；命二十二人，興五教，立禮刑，使天下咸得其理；合時月，正曆數，齊律、度、量、權衡，使天下咸得其用。積十餘年，人曰：『明我者舜也，齊我者舜也，資我者舜也。』天下之在位者，皆舜之人也。而堯隤然，聾其聰，昏其明，愚其聖。人曰：『往之所謂堯者，果烏在哉？』或曰『耄矣』，曰『匿矣』。又十餘年，其思而問者加少矣。至於堯死，天下曰：『久矣，舜之君我也。』夫然後能揖讓受終於文祖。舜之與禹也亦然。禹旁行天下，功繫於人者多，而自忘也晚。益之自繫亦猶是也，而啓賢聞於人，故不能。夫其始繫於人也厚，則其忘之也遲。不然，反是。

漢之失德久矣，其不繫而忘也甚矣。宦、董、袁、陶之賊生人盈矣。丕之父攘禍以立强，積三十餘年，天下之主，曹氏而已，無漢之思也。丕嗣而禪，天下得之以爲晚，何以異夫舜、禹之事耶？然則漢非能自忘也，其事自忘也；曹氏非能自繫也，其事自繫也。公與私，仁與强，其道不同，其忘而繫者，無以異也。堯、舜之忘，不使如漢，不能授舜、禹；舜、禹之繫，不使如曹氏，不能受之堯、舜。然而世徒探其情而笑之，故曰：笑其言者非也。

問者曰：『堯崩，天下若喪考妣，四海遏密八音三載。子之言忘若甚然，是可不可歟？』曰：是舜歸德於堯，史尊堯之德之辭者也。堯之老更一世矣，德乎堯者，蓋已死矣，其幼而存者，堯不使之思也。不若是，不能與人天下。

按，晏元獻曰：此文與下《謗譽》《咸宜》等篇，恐是博士韋籌所作。

謗譽

凡人之獲謗譽于人者，亦各有道。君子在下位則多謗，在上位則多譽；小人在下位則多譽，在上位則多謗。何也？君子宜于上不宜于下，小人宜于下不宜于上，得其宜則譽至，不得其宜則謗亦至。此其凡也。然而君子遭亂世，不得已而在于上位，則道必咈于君，而利必及于人，由是謗行于上而不及于下，故可殺可辱而人猶譽之。小人遭亂世而後得居於上位，則道必合于君，而害必及于人，由是譽行于上而不及于下，故可寵可富而人猶謗之。君子之譽，非所謂譽也，其善顯焉爾。小人之謗，非所謂謗也，其不善彰焉爾。

然則在下而多謗者，豈盡愚而狡也哉？在上而多譽者，豈盡仁而智也哉？其謗且譽者，豈盡明而善褒貶也哉？然而世之人聞而大惑，出一庸人之口，則群而郵之，且置於遠邇，莫不以爲信也。豈惟不能褒貶而已，則又蔽於好惡，奪於利害，吾又何從而得之耶？孔子曰：『不如鄉人之善者好之，其不善者惡之。』善人者之難見也，則其謗君子者爲不少矣，其謗孔子者亦爲不少矣。傳之記者，叔孫武叔，時之顯貴者也。其不可記者，又不少矣。是以在下而必困也。及乎遭時得君而處乎人上，功利及於天下，天下之人皆歡而戴之，向之謗之者，今從而譽之矣。是以在上而必彰也。

或曰：『然則聞謗譽于上者，反而求之，可乎？』曰：『是惡可，無亦徵其所自而已矣！其所自善人也，則信之；不善人也，則勿信之矣。苟吾不能分於善不善也，則已耳。如有謗譽乎人者，吾必徵其所自，未敢以其言之多而舉且信之也。其有及乎我者，未敢以其言之多而榮且懼也。苟不知我而謂我盜跖，吾又安取懼焉？苟不知我而謂我仲尼，吾又安取榮焉？知我者之善不善，非吾果能明之也，要必自善而已矣。』

咸宜

興王之臣，多起污賤，人曰『幸也』；亡王之臣，多死寇盜，人曰『禍也』。余咸宜之。當兩漢氏之始，屠販徒隸出以爲公侯卿相，無他焉，彼固公侯卿相器也。遭時之非是以詘，獨其始之不幸，非遭高、光而以爲幸也。漢、晉之末，公侯卿相劫戮困餓，伏墻壁間以死，無他焉，彼固劫戮困餓器也。遭時之非是以出，獨其始之幸，非遭卓、曜而後爲禍也。

彼困於昏亂，伏志氣，屈身體，以下奴虜，平難澤物之德不施于人，一得適其傃，其進晚爾，而人猶幸之。彼伸於昏亂，抗志氣，肆身體，以傲豪傑，殘民興亂之技行於天下，一得適其傃，其死後耳，而人猶禍之。悲夫！余是以咸宜之。

鞭賈

市之鬻鞭者，人問之，其賈直五十，必曰五萬。復之以五十，則伏而笑；以五百，則小怒；五千，則大怒；必以五萬而後可。有富者子，適市買鞭，出五萬，持以夸余。視其首，則拳蹙而不遂；視其握，則蹇仄而不植；其行水者，一去一來不相承；其節朽黑而無文，掐之滅爪，而不得其

所窮；舉之翲然若揮虛焉。余曰：『子何取於是而不愛五萬？』曰：『吾愛其黃而澤。且賈者云。』余乃召僮爚湯以濯之。則遬然枯，蒼然白，嚮之黃者梔也，澤者蠟也。富者不悅，然猶持之三年。後出東郊，爭道長樂坂下。馬相踶，因大擊，鞭折而爲五六。馬踶不已，墜於地，傷焉。視其內則空空然，其理若糞壤，無所賴者。

今之梔其貌，蠟其言，以求賈技於朝者，當其分則善。一誤而過其分，則喜。當其分，則反怒，曰：『余曷不至於公卿？』然而至焉者亦良多矣。居無事，雖過三年不害。當其有事，驅之於陳力之列以御乎物，以夫空空之內，糞壤之理，而以責其大擊之効，惡有不折其用而獲墜傷之患者乎？

按，韓曰：此篇端以諷空空於內者，賈技於朝，求過其分，而實不足賴云。

讀韓愈所著毛穎傳後題

自吾居夷，不與中州人通書。有來南者，時言韓愈爲《毛穎傳》，不能舉其辭，而獨大笑以爲怪，而吾久不克見。楊子誨之來，始持其書，索而讀之，若捕龍蛇，搏虎豹，急與之角而力不敢暇，信韓子之怪於文也。世之模擬竄竊，取青媲白，肥皮厚肉，柔筋脆骨，而以爲辭者之讀之也，其大笑固宜。

且世人笑之也，不以其俳乎？而俳又非聖人之所棄者。《詩》曰：『善戲謔兮，不爲虐兮。』《太史公書》有《滑稽列傳》，皆取乎有益於世者也。故學者終日討説答問，呻吟習復，應對進退，掬溜播灑，則罷憊而廢亂，故有『息焉游焉』之説。不學操縵，不能安弦。有所拘者，有所縱也。

大羹玄酒，體節之薦，味之至者。而又設以奇異小蟲、水草、樝梨、橘柚，苦鹹酸辛，雖蜇吻裂鼻，縮舌澀齒，而咸有篤好之者。文王之昌蒲菹，屈到之芰，曾晳之羊棗，然後盡天下之奇味以足於口。獨文異乎？韓子之爲也，亦將弛焉而不爲虐歟！息焉游焉，而有所縱歟！盡六藝之奇味以足其口歟！而不若是，則韓子之辭，若壅大川焉，其必決而放諸陸，不可以不陳也。

且凡古今是非六藝百家，大細穿穴用而不遺者，毛穎之功也。韓子窮古書，好斯文，嘉穎之能盡其意，故奮而爲之傳，以發其鬱積，而學者得以勵，其有益於世歟！是其言也，固與異世者語，而貪常嗜瑣者，猶呫呫然動其喙。彼亦甚勞矣乎！

按，元和五年十一月，公《與楊誨之書》云：足下所持韓生《毛穎傳》來，僕甚奇其書，恐世人非之，今作數百言，知前聖不必罪俳也。

愚溪詩序

灌水之陽有溪焉，東流入于瀟水。或曰：冉氏嘗居也，故姓是溪爲冉溪。或曰：可以染也，名之以其能，故謂之染溪。余以愚觸罪，謫瀟水上，愛是溪，入二三里，得其尤絶者家焉。古有愚公谷，今予家是溪，而名莫能定，土之居者猶齗齗然，不可以不更也，故更之爲愚溪。

愚溪之上，買小丘爲愚丘。自愚丘東北行六十步，得泉焉，又買居之，爲愚泉。愚泉凡六穴，皆出山下平地，蓋正出也。合流屈曲而南，爲愚溝。遂負土累石，塞其隘，爲愚池。愚池之東爲愚堂。其南爲愚亭。池之中爲愚島。嘉木異石錯置，皆山水之奇者，以余故，咸以愚辱焉。

夫水，智者樂也。今是溪獨見辱於愚，何哉？蓋其流甚下，不可以溉灌；又峻急，多坻石，大舟不可入也；幽邃淺狹，蛟龍不屑，不能興雲雨。無以利世，而適類於余，然則雖辱而愚之，可也。寧武子『邦無道則愚』，智而爲愚者也；顔子『終日不違如愚』，睿而爲愚者也，皆不得爲真愚。今余遭有道，而違於理，悖於事，故凡爲愚者，莫我若也。夫然，則天下莫能争是溪，余得專而名焉。

溪雖莫利於世，而善鑒萬類，清瑩秀澈，鏘鳴金石，能使愚者喜笑眷慕，樂而不能去也。余雖不合於俗，亦頗以文墨自慰，漱滌萬物，牢籠百態，而無所避之。以愚辭歌愚溪，則茫然而不違，昏然而同歸，超鴻蒙，混希夷，寂寥而莫我知也。於是作《八愚詩》，紀于溪石上。

按，公嘗與楊誨之書云：『方築愚溪東南爲室。』而此言丘、泉、溝、池、堂、溪、亭、島皆具。序當作於書之後。所謂《八愚詩》，今逸之。可惜也已。

永州韋使君新堂記

將爲穹谷嵁巖淵池於郊邑之中，則必輦山石，溝澗壑，凌絶險阻，疲極人力，乃可以有爲也。然而求天作地生之狀，咸無得焉。逸其人，因其地，全其天，昔之所難，今於是乎在。

永州實惟九疑之麓。其始度土者，環山爲城。有石焉，翳于奥草；有泉焉，伏于土塗。蛇虺之所蟠，狸鼠之所游，茂樹惡木，嘉葩毒卉，亂雜而争植，號爲穢墟。

韋公之來，既踰月，理甚無事，望其地，且異之。始命芟其蕪，行其塗，積之丘如，蠲之瀏如。既焚既釃，奇勢迭出，清濁辨質，美惡異位。視其植，

則青秀敷舒；視其蓄，則溶漾紆餘。怪石森然，周于四隅，或列或跪，或立或仆，竅穴逶邃，堆阜突怒。乃作棟宇，以爲觀游。凡其物類，無不合形輔勢，效伎於堂廡之下。外之連山高原，林麓之崖，間厠隱顯。邇延野緑，遠混天碧，咸會於譙門之外。

已乃延客入觀，繼以宴娱。或贊且賀曰：『見公之作，知公之志。公之因土而得勝，豈不欲因俗以成化？公之釋惡而取美，豈不欲除殘而佑仁？公之蠲濁而流清，豈不欲廢貪而立廉？公之居高以望遠，豈不欲家撫而户曉？夫然，則是堂也，豈獨草木、土石、水泉之適歟？山原林麓之觀歟？將使繼公之理者，視其細，知其大也。』宗元請志諸石，措諸壁，編以爲二千石楷法。

永州鐵爐步志

江之滸，凡舟可縻而上下者曰步。永州北郭有步，曰鐵爐步。余乘舟來，居九年，往來求其所以爲鐵爐者無有。問之人，曰：『蓋嘗有鍛者居，其人去而爐毁者不知年矣，獨有其號冒而存。』

余曰：『嘻！世固有事去名存而冒焉若是耶？』

步之人曰：『子何獨怪是？今世有負其姓而立於天下者，曰：「吾門大，他不我敵也。」問其位與德，曰：「久矣其先也。」然而彼猶曰「我大」，世亦曰「某氏大」。其冒於號有以異於茲步者乎？嚮使有聞茲步之號，而不足釜錡、錢鎛、刀鈇者，懷價而來，能有得其欲乎？則求位與德於彼，其不可得亦猶是也。位存焉而德無有，猶不足以大其門，然且樂爲之下。子胡不怪彼而獨怪於是？大者桀冒禹，紂冒湯，幽、厲冒文、武，以傲天下。由不推知其本而姑大其故號，以至於敗，爲世笑僇，斯可以甚懼。若求茲步之實，而不得釜錡、錢鎛、刀鈇者，則去而之他，又何害乎？子之驚於是，末矣。』

余以爲古有太史，觀民風，採民言。若是者，則有得矣。嘉其言可採，書以爲志。

按：古者姓氏，特以别生分類。賢否之涇渭，初不由此。尊尚姓氏，始於魏之太和。齊據河北，推重崔、盧。梁、陳在江南，首先王、謝。至江東士人，争尚閥閲，賣婚求財，汩喪廉耻。唐家一統，當一洗而新之，奈何文皇帝以隴西舊族矜誇其臣，以房、魏之賢，英公之功，且區區結婚於山東之世家。貞觀之世，冠冕高下，雖稍序定，然許敬宗以不叙武后世，李義府耻其家無名，復從而紊亂。黜陟廢置，皆不由於賢否，但以姓氏升降去留，定爲榮辱。衰宗落譜，昭穆所不齒者，皆稱禁婚，民俗安知禮義忠信爲何物耶？子厚憫時俗之未革，故以子孫冒昧者，取況於鐵爐步之失實，誠有功於名教歟！

游黃溪記

北之晉，西適豳，東極吳，南至楚、越之交，其間名山水而州者以百數，永最善。環永之治百里，北至于浯溪，西至于湘之源，南至於瀧泉，東至于黃溪東屯，其間名山水而村者以百數，黃溪最善。

黃溪距州治七十里，由東屯南行六百步，至黃神祠。祠之上，兩山墻立，丹碧之華葉駢植，與山升降。其缺者爲崖峭巖窟。水之中，皆小石平布。黃神之上，揭水八十步，至初潭，最奇麗，殆不可狀。其略若剖大甕，側立千尺，溪水積焉。黛蓄膏渟，來若白虹，沉沉無聲，有魚數百尾，方來會石下。南去又行百步，至第二潭。石皆巍然，臨峻流，若頦頷齗齶。其下大石雜列，可坐飲食。有鳥赤首烏翼，大如鵠，方東嚮立。自是又南數里，地皆一狀，樹益壯，石益瘦，水鳴皆鏘然。又南一里，至大冥之川，山舒水緩，有土田。始黃神爲人時，居其地。

傳者曰：『黃神王姓，莽之世也。莽既死，神更號黃氏，逃來，擇其深峭者潛焉。』始莽嘗曰『余黃虞之後也』，故號其女曰黃皇室主。黃與王聲相邇，而又有本，其所以傳言者益驗。神既居是，民咸安焉。以爲有道，死乃俎豆之，爲立祠。後稍徙近乎民，今祠在山陰溪水上。元和八年五月十六日，既歸，爲記，以啓後之好游者。

按：自《游黃溪》至《小石城山》，爲記凡九，皆記永州山水之勝。年月或記或不記，皆次第而作耳。

始得西山宴游記

自余爲僇人，居是州，恒惴慄。其隙也，則施施而行，漫漫而游。日與其徒上高山，入深林，窮迴谿，幽泉怪石，無遠不到。到則披草而坐，傾壺而醉。醉則更相枕以卧，卧而夢。意有所極，夢亦同趣。覺而起，起而歸。以爲凡是州之山有異態者，皆我有也，而未始知西山之怪特。

今年九月二十八日，因坐法華西亭，望西山，始指異之。遂命僕人過湘江，緣染溪，斫榛莽，焚茅茷，窮山之高而止。攀援而登，箕踞而遨，則凡數州之土壤，皆在衽席之下。其高下之勢，岈然洼然，若垤若穴，尺寸千里，攢蹙累積，莫得遯隱。縈青繚白，外與天際，四望如一。然後知是山之特立，不與培塿爲類，悠悠乎與顥氣俱，而莫得其涯；洋洋乎與造物者遊，而不知其所窮。引觴滿酌，頹然就醉，不知日之入。蒼然暮色，自遠而至，至無所見，而猶不欲歸。心凝形釋，與萬化冥合。然後知吾嚮之未始游，游於是乎始，故爲之文以志。是歲，元和四年也。

鈷鉧潭記

鈷鉧潭在西山西，其始蓋冉水自南奔注，抵山石，屈折東流，其顛委勢峻，盪擊益暴，齧其涯，故旁廣而中深，畢至石乃止。流沫成輪，然後徐行，其清而平者且十畝餘，有樹環焉，有泉懸焉。

其上有居者，以予之亟游也，一旦款門來告曰：『不勝官租私券之委積，既芟山而更居，願以潭上田貿財以緩禍。』予樂而如其言。則崇其臺，延其檻，行其泉於高者而墜之潭，有聲潨然。尤與中秋觀月爲宜，於以見天之高，氣之迴。

孰使予樂居夷而忘故土者，非茲潭也歟？

按：鈷，音古。鉧字，諸韻皆無從『母』者。《唐韻》作『鏻』。下注云：鈷，鏻也。『鉧』，疑是『鏻』，莫浦、莫朗二切。并注云：鈷，鏻也。鈷鏻，乃鼎具。

鈷鉧潭西小丘記

得西山後八日，尋山口西北道二百步，又得鈷鉧潭。西二十五步，當湍而浚者爲魚梁。梁之上有丘焉，生竹樹。其石之突怒偃蹇，負土而出，争爲奇狀者，殆不可數。其嶔然相累而下者，若牛馬之飲于溪；其衝然角列而上者，若熊羆之登于山。丘之小不能一畝，可以籠而有之。問其主，曰：『唐氏之棄地，貨而不售。』問其價，曰：『止四百。』余憐而售之。李深源、元克己時同遊，皆大喜，出自意外。即更取器用，剷刈穢草，伐去惡木，烈火而焚之。嘉木立，美竹露，奇石顯。由其中以望，則山之高，雲之浮，溪之流，鳥獸之遨遊，舉熙熙然迴巧獻技，以効茲丘之下。枕席而卧，則清泠之狀與目謀，瀯瀯之聲與耳謀，悠然而虚者與神謀，淵然而静者與心謀。不匝旬而得異地者二，雖古好事之士，或未能至焉。

噫！以茲丘之勝，致之灃、鎬、鄠、杜，則貴游之士争買者，日增千金而愈不可得。今棄是州也，農夫漁父過而陋之，賈四百，連歲不能售。而我與深源、克己獨喜得之，是其果有遭乎！書於石，所以賀茲丘之遭也。

至小丘西小石潭記

從小丘西行百二十步，隔篁竹，聞水聲，如鳴珮環，心樂之。伐竹取道，下見小潭，水尤清洌。泉石以爲底，近岸卷石底以出，爲坻爲嶼，爲嵁爲巖。青樹翠蔓，蒙絡摇綴，參差披拂。潭中魚可百許頭，皆若空遊無所依。日光下澈，影布石上，怡然不動。俶爾遠逝，往來翕忽，似與游者相樂。

潭西南而望，斗折蛇行，明滅可見。其岸勢犬牙差互，不可知其源。

坐潭上，四面竹樹環合，寂寥無人，凄神寒骨，悄愴幽邃。以其境過清，不可久居，乃記之而去。

同游者，吴武陵、龔古，余弟宗玄。隸而從者，崔氏二小生，曰恕己，曰奉壹。

袁家渴記

由冉溪西南水行十里，山水之可取者五，莫若鈷鉧潭。由溪口而西，

陸行，可取者八九，莫若西山。由朝陽巖東南水行，至蕪江，可取者三，莫若袁家渴。皆永中幽麗奇處也。

楚、越之間方言，謂水之反流者爲『渴』。渴上與南館高嶂合，下與百家瀨合。其中重洲小溪，澄潭淺渚，間厠曲折，平者深黑，峻者沸白。舟行若窮，忽又無際。有小山出水中，山皆美石，上生青叢，冬夏常蔚然。其旁多巖洞，其下多白礫，其樹多楓柟石楠，楩櫧樟柚，草則蘭芷。又有異卉，類合歡而蔓生，轇轕水石。每風自四山而下，振動大木，掩苒衆草，紛紅駭緑，蓊葧香氣，衝濤旋瀨，退貯谿谷，摇颺葳蕤，與時推移。其大都如此，余無以窮其狀。

永之人未嘗遊焉，余得之不敢專也，出而傳於世。其地主袁氏，故以名焉。

按：自《袁家渴》至《小石城山》四記，皆同時作也。

石渠記

自渴西南行，不能百步，得石渠，民橋其上。有泉幽幽然，其鳴乍大乍細。渠之廣，或咫尺，或倍尺，其長可十許步。其流抵大石，伏出其下。踰石而往，有石泓，昌蒲被之，青蘚環周。又折西行，旁陷巖石下，北墮小潭。潭幅員減百尺，清深多鯈魚。又北曲行紆餘，睨若無窮，然卒入于渴。其側皆詭石怪木，奇卉美箭，可列坐而庥焉。風搖其巔，韻動崖谷。視之既靜，其聽始遠。

予從州牧得之，攬去翳朽，決疏土石，既崇而焚，既釃而盈。惜其未始有傳焉者，故累記其所屬，遺之其人，書之其陽，俾後好事者求之得以易。元和七年正月八日，蠲渠至大石。十月十九日，踰石得石泓小潭。渠之美於是始窮也。

石澗記

石渠之事既窮，上由橋西北，下土山之陰，民又橋焉。其水之大，倍石渠三之一。亘石爲底，達于兩涯。若床若堂，若陳筵席，若限閫奧。水平布其上，流若織文，響若操琴。揭跣而往，折竹箭，掃陳葉，排腐木，可羅胡牀十八九居之。交絡之流，觸激之音，皆在牀下；翠羽之木，龍鱗之石，均蔭其上。古之人，其有樂乎此耶？後之來者，有能追予之踐履耶？得意之日，與石渠同。

由渴而來者，先石渠，後石澗；由百家瀨上而來者，先石澗，後石渠。

澗之可窮者，皆出石城村東南，其間可樂者數焉。其上深山幽林，逾峭險，道狹不可窮也。

小石城山記

自西山道口徑北，踰黄茅嶺而下，有二道：其一西出，尋之無所得；其一少北而東，不過四十丈，土斷而川分，有積石横當其垠。其上爲睥睨梁欐之形，其旁出堡塢，有若門焉。窺之正黑，投以小石，洞然有水聲，其響之激越，良久乃已。環之可上，望甚遠，無土壤，而生嘉樹美箭，益奇而堅，其疏數偃仰，類智者所施設也。

噫！吾疑造物者之有無久矣。及是，愈以爲誠有。又怪其不爲之中州，而列是夷狄，更千百年不得一售其伎，是故勞而無用，神者儻不宜如是，則其果無乎？或曰：『以慰夫賢而辱於此者。』或曰：『其氣之靈，不爲偉人，而獨爲是物，故楚之南少人而多石。』是二者，余未信之。

柳州東亭記

出州南譙門，左行二十六步，有棄地在道南。南值江，西際垂楊傳置，東曰東館。其内草木猥奥，有崖谷，傾亞缺圮。豕得以爲囿，蛇得以爲藪，人莫能居。

至是始命披刜蠲疏，樹以竹箭松檉桂檜柏杉。易爲堂亭，峭爲杠梁。下上徊翔，前出兩翼。憑空拒江，江化爲湖。衆山横環，嶛闊瀴灣。當邑居之劇，而忘乎人間，斯亦奇矣。乃取館之北宇，右闢之以爲夕室；取傳置之東宇，左闢之以爲朝室；又北闢之以爲陰室；作屋於北墉下以爲陽室；作斯亭于中以爲中室。朝室以夕居之，夕室以朝居之，中室日中而居之，陰室以違溫風焉，陽室以違凄風焉。若無寒暑也，則朝夕復其號。

既成，作石于中室，書以告後之人，庶勿壞。元和十二年九月某日，柳宗元記。

按：元和十年正月，公自永州召至京師。三月，復出刺柳州。此記作於刺柳州日，篇末自可見。

柳州山水近治可游者記

古之州治，在潯水南山石間。今徙在水北，直平四十里，南北東西皆水匯。

北有雙山，夾道嶄然，曰背石山。有支川，東流入于潯水。潯水因是北而東，盡大壁下。其壁曰龍壁。其下多秀石，可硯。

南絶水，有山無麓，廣百尋，高五丈，下上若一，曰甑山。山之南，皆大山，多奇。又南且西，曰駕鶴山，壯聳環立，古州治負焉。有泉在坎下，恒盈而不流。南有山，正方而崇，類屏者，曰屏山，其西曰四姥山，皆獨立不倚。北流潯水瀨下。

又西曰仙弈之山。山之西可上。其上有穴，穴有屏，有室，有宇。其宇下有流石成形，如肺肝，如茄房，或積于下，如人，如禽，如器物，甚衆。東西九十尺，南北少半。東登入小穴，常有四尺，則廓然甚大。無竅，正黑，燭之，高僅見其宇，皆流石怪狀。由屏南室中入小穴，倍常而上，始黑，已而大明，爲上室。由上室而上，有穴，北出之，乃臨大野，飛鳥皆視其背。其始登者，得石枰於上，黑肌而赤脈，十有八道，可弈，故以云。其山多檉，多櫧，多篔簹之竹，多橐吾。其鳥，多秭歸。

石魚之山，全石，無大草木，山小而高，其形如立魚，尤多秭歸。西有穴，類仙弈。入其穴，東出，其西北靈泉在東趾下，有麓環之。泉大類轂雷鳴，西奔二十尺，有洄，在石澗，因伏無所見，多緑青之魚，多石鯽，多鯈。

雷山，兩崖皆東西，雷水出焉。蓄崖中曰雷塘，能出雲氣，作雷雨，變見有光。禱用俎魚、豆彘、脩形、糈稌、陰酒，虔則應。在立魚南，其間多美山，無名而深。峨山在野中，無麓，峨水出焉，東流入于潯水。

寄許京兆孟容書

宗元再拜五丈座前：伏蒙賜書誨諭，微悉重厚，欣躍恍惚，疑若夢

寐，捧書叩頭，悸不自定。伏念得罪來五年，未嘗有故舊大臣肯以書見及者。何則？罪謗交積，群疑當道，誠可怪而畏也。以是兀兀忘行，尤負重憂，殘骸餘魂，百病所集，痞結伏積，不食自飽。或時寒熱，水火互至，內消肌骨，非獨瘴癘爲也。忽捧教命，乃知幸爲大君子所宥，欲使膏肓沉没，復起爲人。夫何素望，敢以及此。

宗元早歲，與負罪者親善，始奇其能，謂可以共立仁義，裨教化。過不自料，懃懃勉勵，唯以中正信義爲志，以興堯、舜、孔子之道，利安元元爲務，不知愚陋，不可力彊，其素意如此也。末路孤危，阨塞臲卼，凡事壅隔，很忤貴近，狂疏繆戾，蹈不測之辜，群言沸騰，鬼神交怒。加以素卑賤，暴起領事，人所不信。射利求進者，填門排户，百不一得，一旦快意，更造怨讟。以此大罪之外，詆訶萬端，旁午搆扇，盡爲敵讎，協心同攻，外連强

暴失職者，以致其事。此皆丈人所聞見，不敢爲他人道說。懷不能已，復載簡牘。此人雖萬被誅戮，不足塞責，而今其黨與，幸獲寬貸，各得善地，無分毫事，坐食俸禄，明德至渥也，尚何敢更俟除棄廢痼，以希望外之澤哉？年少氣鋭，不識幾微，不知當否。但欲一心直遂，果陷刑法，皆自所求取得之，又何怪也？

宗元於衆黨人中，罪狀最甚。神理降罰，又不能即死。猶對人言語，求食自活，迷不知耻，日復一日。然亦有大故。自以得姓來二千五百年，代爲冢嗣。今抱非常之罪，居夷獠之鄉，卑濕昏霧，恐一日填委溝壑，曠墜先緒，以是怛然痛恨，心腸沸熱。煢煢孤立，未有子息。荒隅中少士人女子，無與爲婚，世亦不肯與罪大者親昵，以是嗣續之重，不絶如縷。每當春秋時饗，孑立捧奠，顧眄無後繼者，惸惸然欷歔惴惕，恐此事便已，摧心傷骨，若受鋒刃。此誠丈人所共憫惜也。

先墓所在城南，無異子弟爲主，獨託村鄰。自譴逐來，消息存亡不一至鄉閭，主守者因以益怠。晝夜哀憤，懼便毁傷松柏，芻牧不禁，以成大戾。近世禮重拜掃，今已闕者四年矣。每遇寒食，則北向長號，以首頓地。想田野道路，士女遍滿，皂隸傭丐，皆得上父母丘墓，馬醫夏畦之鬼，無不受子孫追養者。然此已息望，又何以云哉！

城西有數頃田，樹果樹百株，多先人手自封植，今已荒穢，恐便斬伐，無復愛惜。家有賜書三千卷，尚在善和里舊宅，宅今已三易主，書存亡不可知。皆付受所重，常繫心腑，然無可爲者。立身一敗，萬事瓦裂，身殘家破，爲世大僇。復何敢更望大君子撫慰收恤，尚置人數中耶！是以當食不知辛酸節適，洗沐盥漱，動逾歲時，一搔皮膚，塵垢滿爪。誠憂恐悲傷，無所告愬，以至此也。

自古賢人才士，秉志遵分，被謗議不能自明者，僅以百數。故有無兄盜嫂，娶孤女云撾婦翁者。然賴當世豪傑，分明辨別，卒光史籍。管仲遇盜，升爲功臣；匡章被不孝之名，孟子禮之。今已無古人之實，而有其詬，欲望世人之明己，不可得也。直不疑買金以償同舍；劉寬下車，歸牛鄉人。此誠知疑似之不可辯，非口舌所能勝也。鄭詹束縛於晉，終以無死；鍾儀南音，卒獲返國；叔向囚虜，自期必免；范痤騎危，以生易死；蒯通據鼎耳，爲齊上客；張蒼、韓信伏斧鑕，終取將相；鄒陽獄中，以書自活；賈生斥逐，復召宣室；倪寬擯死，後至御史大夫；董仲舒、劉向下獄當誅，爲漢儒宗。此皆瓌偉博辯奇壯之士，能自解脱。今以恇怯淟涊，下才末伎，又嬰恐懼痼病，雖欲慷慨攘臂，自同昔人，愈疏闊矣！

賢者不得志於今，必取貴於後，古之著書者皆是也。宗元近欲務此，然力薄才劣，無異能解，雖欲秉筆覼縷，神志荒耗，前後遺忘，終不能成章。往時讀書，自以不至抵滯，今皆頑然無復省録。每讀古人一傳，數紙已後，則再三伸卷，復觀姓氏，旋又廢失。假令萬一除刑部囚籍，復爲士列，亦不堪當世用矣！伏惟興哀於無用之地，垂德於不報之所，但以存通家宗祀爲念，有可動心者，操之勿失。雖不敢望歸掃塋域，退託先人之廬，以盡餘齒，姑遂少北，益輕瘴癘，就婚娶，求胤嗣，有可付託，即冥然長辭，如得甘寢，無復恨矣！

書辭繁委，無以自道。然即文以求其志，君子固得其肺肝焉。無任懇戀之至！不宣。宗元再拜。

按：許孟容，字公範。元和初，再遷尚書右丞、京兆尹。公謫永州已五年，與京兆書，望其與之爲地，一除罪籍耳。

與李翰林建書

杓直足下：州傳遽至，得足下書，又於夢得處得足下前次一書，意皆勤厚。莊周言，逃蓬藋者，聞人足音，則跫然喜。僕在蠻夷中，比得足下二書，及致藥餌，喜復何言！僕自去年八月來，痞疾稍已。往時間一二日作，今一月乃二三作。用南人檳榔餘甘，破決壅隔大過，陰邪雖敗，已傷正氣。行則膝顫，坐則髀痹。所欲者補氣豐血，强筋骨，輔心力，有與此宜者，更致數物。忽得良方偕至，益善。

永州於楚爲最南，狀與越相類。僕悶即出游，游復多恐。涉野則有蝮虺大蜂，仰空視地，寸步勞倦；近水即畏射工沙虱，含怒竊發，中人形

影，動成瘡痏。時到幽樹好石，蹔得一笑，已復不樂。何者？譬如囚拘圜土，一遇和景，負墻搔摩，伸展支體。當此之時，亦以爲適，然顧地窺天，不過尋丈，終不得出，豈復能久爲舒暢哉？明時百姓，皆獲歡樂，僕士人，頗識古今理道，獨愴愴如此。誠不足爲理世下執事，至比愚夫愚婦又不可得，竊自悼也。

僕曩時所犯，足下適在禁中，備觀本末，不復一一言之。今僕癃殘頑鄙，不死幸甚。苟爲堯人，不必立事程功，唯欲爲量移官，差輕罪累，即便耕田藝麻，取老農女爲妻，生男育孫，以供力役，時時作文，以詠太平。摧傷之餘，氣力可想。假令病盡已，身復壯，悠悠人世，越不過爲三十年客耳。前過三十七年，與瞬息無異。復所得者，其不足把翫，亦已審矣。杓直以爲誠然乎？

僕近求得經史諸子數百卷，常候戰悸稍定，時即伏讀，頗見聖人用心、賢士君子立志之分。著書亦數十篇，心病，言少次第，不足遠寄，但用自釋。貧者士之常，今僕雖羸餒，亦甘如飴矣。

足下言已白常州煦僕，僕豈敢衆人待常州耶！若衆人，即不復煦僕矣。然常州未嘗有書遺僕，僕安敢先焉？裴應叔、蕭思謙，僕各有書，足下求取觀之，相戒勿示人。敦詩在近地，簡人事，今不能致書，足下默以此書見之。勉盡志慮，輔成一王之法，以宥罪戾。不悉。宗元白。

按：按建本傳，貞元中，補校書郎。德宗思得文學者，或以建聞。帝問左右，宰相鄭珣瑜曰：『臣爲吏部時，當補校書者八人，他皆藉貴勢以請，建獨無有。』帝喜，擢左拾遺、翰林學士。

與呂道州温論非國語書

四月三日，宗元白化光足下：近世之言理道者衆矣，率由大中而出者咸無焉。其言本儒術，則迂迴茫洋，而不知其適；其或切於事，則苛峭刻覈，不能從容，卒泥乎大道。甚者好怪而妄言，推天引神，以爲靈奇，恍惚若化，而終不可逐。故道不明於天下，而學者之至少也。

吾自得友君子，而後知中庸門户階室，漸染砥礪，幾乎道真。然而常欲立言垂文，則恐而不敢。今動作悖謬，以爲僇於世，身編夷人，名列囚籍。以道之窮也，而施乎事者無日，故乃挽引，强爲小書，以志乎中之所得焉。

嘗讀《國語》，病其文勝而言尨，好詭以反倫，其道舛逆。而學者以其文也，咸嗜悦焉，伏膺呻吟者，至比六經，則溺其文必信其實，是聖人之道翳也。余勇不自制，以當後世之訕怒，輒乃黜其不臧，救世之謬。凡爲六十七篇，命之曰《非國語》。既就，累日怏怏然不喜，以道之難明，而習俗之不可變也，如其知我者果誰歟？凡今之及道者，果可知也已。後之來者，則吾未之見，其可忽耶？故思欲盡其瑕纇，以别白中正。度成吾書者，非化光而誰？輒令往一通，惟少留視役慮，以卒相之也。

往時致用作《孟子評》，有韋詞者告余曰：『吾以致用書示路子，路子曰：「善則善矣，然昔之爲書者，豈若是摭前人耶？」』韋子賢斯言也。余曰：『致用之志以明道也，非以摭《孟子》，蓋求諸中而表乎世焉爾。』今余爲是書，非左氏尤甚。若二子者，固世之好言者也，而猶出乎是，況不及是者滋衆，則余之望乎世者愈狹矣，卒如之何？苟不悖於聖道，而有以啓明者之慮，則用是罪余者，雖累百世滋不憾而恧焉！於化光何如哉？激乎中必厲乎外，想不思而得也。宗元白。

按：温，字和叔，一字化光。元和三年十月爲道州刺史，六年八月卒，公嘗爲之誄。此書作於六年前。

與友人論爲文書

古今號文章爲難，足下知其所以難乎？非謂比興之不足，恢拓之不遠，鑽礪之不工，頗纇之不除也。得之爲難，知之愈難耳。苟或得其高朗，探其深賾，雖有蕪敗，則爲日月之蝕也，大圭之瑕也，曷足傷其明、黜其寶哉？

且自孔氏以來，兹道大闡。家脩人勵，刓精竭慮者，幾千年矣。其間耗費簡札，役用心神者，其可數乎？登文章之籙，波及後代，越不過數十人耳！其餘誰不欲爭裂綺綉，互攀日月，高視於萬物之中，雄峙於百代之下乎？率皆縱臾而不克，躑躅而不進，力蹙勢窮，吞志而没。故曰得之爲難。

嗟乎！道之顯晦，幸不幸繫焉；談之辯訥，升降繫焉；鑒之頗正，好惡繫焉；交之廣狹，屈伸繫焉。則彼卓然自得以奮其間者，合乎否乎？是未可知也。而又榮古虐今者，比肩疊跡，大抵生則不遇，死而垂聲者衆焉。揚雄没而《法言》大興，馬遷生而《史記》未振。彼之二才，且猶若是，況乎未甚聞著者哉！固有文不傳於後祀，聲遂絶於天下者矣。故曰知之愈難。而爲文之士，亦多漁獵前作，戕賊文史，抉其意，抽其華，置齒牙間，遇事蜂起，金聲玉耀，誑聾瞽之人，徼一時之聲。雖終淪棄，而其奪朱亂

雅，爲害已甚。是其所以難也。

間聞足下欲觀僕文章，退發囊笥，編其蕪穢，心悸氣動，交於胸中，未知孰勝，故久滯而不往也。今往僕所著賦、頌、碑、碣、文、記、議、論、書、序之文，凡四十八篇，合爲一通，想令治書蒼頭吟諷之也。擊轅拊缶，必有所擇，顧鑒視其何如耳，還以一字示褒貶焉。

賀進士王參元失火書

得楊八書，知足下遇火災，家無餘儲。僕始聞而駭，中而疑，終乃大喜，蓋將弔而更以賀也。道遠言略，猶未能究知其狀，若果蕩焉泯焉，而悉無有，乃吾所以尤賀者也。

足下勤奉養，樂朝夕，唯恬安無事是望也。今乃有焚煬赫烈之虞，以

震駭左右，而脂膏滫瀡之具，或以不給，吾是以始而駭也。凡人之言，皆曰盈虛倚伏，去來之不可常。或將大有爲也，乃始厄困震悸，於是有水火之孽，有群小之慍，勞苦變動，而後能光明，古之人皆然。斯道遼闊誕漫，雖聖人不能以是必信，是故中而疑也。以足下讀古人書，爲文章，善小學，其爲多能若是，而進不能出群士之上，以取顯貴者，蓋無他焉。京城人多言足下家有積貨，士之好廉名者，皆畏忌，不敢道足下之善，獨自得之，心蓄之，銜忍而不出諸口，以公道之難明，而世之多嫌也。一出口，則嗤嗤者以爲得重賂。

僕自貞元十五年見足下之文章，蓄之者蓋六七年未嘗言。是僕私一身而負公道久矣，非特負足下也。及爲御史尚書郎，自以幸爲天子近臣，得奮其舌，思以發明足下之鬱塞。然時稱道於行列，猶有顧視而竊笑者，僕良恨修己之不亮，素譽之不立，而爲世嫌之所加，常與孟幾道言而痛之。乃今幸爲天火之所滌盪，凡衆之疑慮，舉爲灰埃。黔其廬，赭其垣，以示其無有，而足下之才能乃可顯白而不污。其實出矣，是祝融、回祿之相吾子也。則僕與幾道十年之相知，不若兹火一夕之爲足下譽也。宥而彰之，使夫蓄於心者，咸得開其喙，發策决科者，授子而不慄，雖欲如向之蓄縮受侮，其可得乎？於兹吾有望乎爾！是以終乃大喜也。古者列國有災，同位者皆相弔，許不弔災，君子惡之。今吾之所陳若是，有以異乎古，故將弔而更以賀也。顔、曾之養，其爲樂也大矣，又何闕焉？

足下前要僕文章古書，極不忘，候得數十幅乃併往耳。吴二十一武陵來，言足下爲《醉賦》及《對問》，大善，可寄一本。僕近亦好作文，與在京城時頗異。思與足下輩言之，桎梏甚固，未可得也。因人南來，致書訪死生。不悉。宗元白。

與太學諸生喜詣闕留陽城司業書

二十六日，集賢殿正字柳宗元敬致尺牘，太學諸生足下：始朝廷用諫議大夫陽公爲司業，諸生陶煦醇懿，熙然大洽，于茲四祀而已，詔書出爲道州。僕時通籍光範門，就職書府，聞之悒然不喜。非特爲諸生戚戚也，乃僕亦失其師表，而莫有所矜式焉。既而署吏有傳致詔草者，僕得觀之。蓋主上知陽公甚熟，嘉美顯寵，勤至備厚，乃知欲煩陽公宣風裔土，覃布美化于黎獻也。遂寬然少喜，如獲慰薦于天子休命。然而退自感悼，幸生明聖不諱之代，不能布露所蓄，論列大體，聞於下執事，冀少見採取，而還陽公之南也。翌日，退自書府，就車于司馬門外，聞之於抱關掌管者，

道諸生愛慕陽公之德教，不忍其去，頓首西闕下，懇悃至願乞留如故者百數十人。輒用撫手喜甚，震抃不寧，不意古道復形于今。僕嘗讀李元禮、嵇叔夜傳，觀其言太學生徒仰闕赴訴者，僕謂訖千百年不可覩聞，乃今日聞而覩之，誠諸生見賜甚盛。

於戲！始僕少時，嘗有意遊太學，受師說，以植志持身焉。當時說者咸曰：『太學生聚爲朋曹，侮老慢賢，有墮窳敗業而利口食者，有崇飾惡言而肆鬥訟者，有凌傲長上而誶罵有司者。其退然自克，特殊於衆人者無幾耳。』僕聞之，恟駭怛悸。良痛其遊聖人之門，而衆爲是嗒嗒也。遂退託鄉閭家塾，考厲志業，過太學之門而不敢跼顧，尚何能仰視其學徒者哉！今乃奮志厲義，出乎千百年之表，何聞見之乖剌歟？豈說者過也，將亦時異人異，無嚮時之桀害者耶？其無乃陽公之漸漬導訓，明效所致乎？

夫如是，服聖人遺教，居天子太學，可無愧矣。

於戲！陽公有博厚恢弘之德，能并容善僞，來者不拒。曩聞有狂惑小生，依託門下，或乃飛文陳愚，醜行無賴，而論者以爲言，謂陽公過於納污，無人師之道。是大不然。仲尼吾黨狂狷，南郭獻譏；曾參徒七十二人，致禍負芻；孟軻館齊，從者竊屨。彼一聖兩賢人，繼爲大儒，然猶不免，如之何其拒人也？俞、扁之門，不拒病夫；繩墨之側，不拒枉材；師儒之席，不拒曲士，理固然也。且陽公之在于朝，四方聞風，仰而尊之，貪冒苟進邪薄之夫，庶得少沮其志，不遂其惡，雖微師尹之位，而人實具瞻焉。與其宣風一方，覃化一州，其功之遠近，又可量哉！諸生之言非獨爲己也，於國體實甚宜，願諸生勿得私之。想復再上，故少佐筆端耳。勖此良志，俾爲史者有以紀述也。努力多賀。柳宗元白。

按：城字亢宗，自諫議大夫遷國子司業，以事出爲道州刺史。太學諸生詣闕請留之，公遺諸生書，勉勵其志。

答韋中立論師道書

二十一日，宗元白：辱書云欲相師，僕道不篤，業甚淺近，環顧其中，未見可師者。雖常好言論，爲文章，甚不自是也。不意吾子自京師來蠻夷間，乃幸見取。僕自卜固無取，假令有取，亦不敢爲人師。爲衆人師且不敢，況敢爲吾子師乎？

孟子稱：『人之患在好爲人師。』由魏、晉氏以下，人益不事師。今之世，不聞有師，有輒譁笑之，以爲狂人。獨韓愈奮不顧流俗，犯笑侮，收召後學，作《師説》，因抗顔而爲師。世果群怪聚罵，指目牽引，而增與爲言辭。愈以是得狂名，居長安，炊不暇熟，又挈挈而東，如是者數矣。屈子賦曰：『邑犬群吠，吠所怪也。』僕往聞庸蜀之南，恒雨少日，日出則犬吠，余以爲過言。前六七年，僕來南，二年冬，幸大雪，踰嶺被南越中數州，數州之犬，皆蒼黄吠噬狂走者累日，至無雪乃已，然後始信前所聞者。今韓愈既自以爲蜀之日，而吾子又欲使吾爲越之雪，不以病乎？非獨見病，亦以病吾子。然雪與日豈有過哉？顧吠者犬耳。度今天下不吠者幾人，而誰敢衒怪於群目，以召鬧取怒乎？

僕自謫過以來，益少志慮。居南中九年，增脚氣病，漸不喜鬧，豈可使呶呶者早暮咈吾耳、騷吾心？則固僵仆煩憒，愈不可過矣。平居望外，遭齒舌不少，獨欠爲人師耳。

抑又聞之，古者重冠禮，將以責成人之道，是聖人所尤用心者也。數百年來，人不復行。近有孫昌胤者，獨發憤行之。既成禮，明日造朝至外庭，薦笏言於卿士曰：『某子冠畢。』應之者咸憮然。京兆尹鄭叔則怫然曳笏却立，曰：『何預我耶？』廷中皆大笑。天下不以非鄭尹而快孫子，何哉？獨爲所不爲也。今之命師者大類此。

吾子行厚而辭深，凡所作，皆恢恢然有古人形貌，雖僕敢爲師，亦何所增加也？假而以僕年先吾子，聞道著書之日不後，誠欲往來言所聞，則僕固願悉陳中所得者。吾子苟自擇之，取某事去某事，則可矣。若定是非，以教吾子，僕材不足，而又畏前所陳者，其爲不敢也決矣。吾子前所欲見吾文，既悉以陳之，非以耀明于子，聊欲以觀子氣色誠好惡何如也。今書來，言者皆大過。吾子誠非佞譽誣諛之徒，直見愛甚故然耳。

始吾幼且少，爲文章，以辭爲工。及長，乃知文者以明道，是固不苟爲炳炳烺烺，務采色、夸聲音，而以爲能也。凡吾所陳，皆自謂近道，而不知道之果近乎、遠乎。吾子好道，而可吾文，或者其於道不遠矣。故吾每爲文章，未嘗敢以輕心掉之，懼其剽而不留也；未嘗敢以怠心易之，懼其弛而不嚴也；未嘗敢以昏氣出之，懼其昧没而雜也；未嘗敢以矜氣作之，懼其偃蹇而驕也。抑之欲其奥，揚之欲其明，疏之欲其通，廉之欲其節，激而發之欲其清，固而存之欲其重，此吾所以羽翼夫道也。本之《書》以求其質，本之《詩》以求其恒，本之《禮》以求其宜，本之《春秋》以求其斷，本之《易》以求其動，此吾所以取道之原也。參之穀梁氏以厲其氣，參之《孟》《荀》以暢其支，參之《莊》《老》以肆其端，參之《國語》以博其趣，參之《離騷》以致其幽，參之太史公以著其潔，此吾所以旁推交通而以爲之文也。凡若此者，果是耶，非耶？有取乎，抑其無取乎？吾子幸觀焉擇焉，有餘以告焉。苟亟來以廣是道，子不有得焉，則我得矣，又何以師云爾哉？取其實而去其名，無招越、蜀吠怪，而爲外廷所笑，則幸矣！宗元白。

按：中立，史無傳。《新史·年表》云：唐州刺史彪之孫。不書爵位。觀其求師好學之志，公答以數千言，盡以平生爲文真訣告之，必當時佳士也。中立後於元和十四年中第。

上門下李夷簡相公陳情書

月日，使持節柳州諸軍事守柳州刺史柳宗元，謹再拜獻書于相公閣下：宗元聞有行三塗之艱，而墜千仞之下者，仰望於道，號以求出。過之者日千百人，皆去而不顧。就令哀而顧之者，不過攀木俯首，深矉太息，良久而去耳，其卒無可奈何。然其人猶望而不止也。俄而有若烏獲者，持長綆千尋，徐而過焉。其力足爲也，其器足施也，號之而不顧，顧而曰不能力，則其人知必死於大壑矣。何也？是時不可遇而幸遇焉，而又不逮乎己，然後知命之窮，勢之極，其卒呼憤自斃，不復望於上矣。

宗元曩者齒少心鋭，徑行高步，不知道之艱以陷於大阨，窮躓殞墜，廢爲孤囚。日號而望者十四年矣，其不顧而去與顧而深曠者，俱不乏焉。然猶仰首伸吭，張目而視曰：庶幾乎其有異俗之心，非常之力，當路而垂仁者耶？及今閣下以仁義正直，入居相位，宗元實竊拊心自慶，以爲獲其所望，故敢致其辭以聲其哀。若又捨而不顧，則知沉埋踣斃無復振矣，伏惟動心焉。

宗元得罪之由，致謗之自，以閣下之明，其知之久矣。繁言蔓辭，秖益爲黷。伏惟念墜者之至窮，錫烏獲之餘力，舒千尋之綆，垂千仞之艱，致其不可遇之遇，以卒成其幸。庶號而望者得畢其誠，無使呼憤自斃，没有餘恨，則士之死於門下者宜無先焉。生死通塞，在此一舉，無任戰汗隕越之至。不宣。宗元惶恐再拜。

按：《新史·夷簡傳》：元和十三年，召爲御史大夫，進門下侍郎、同中書門下平章事。

祭呂衡州温文

維元和六年，歲次辛卯，九月癸巳朔某日，友人守永州司馬員外置同正員柳宗元，謹遣書吏同曹、家人襄兒，奉清酌庶羞之奠，敬祭於呂八兄化光之靈。

嗚呼天乎！君子何厲？天實讎之。生人何罪？天實讎之。聰明正直，行爲君子，天則必速其死。道德仁義，志存生人，天則必夭其身。吾固知蒼蒼之無信，莫莫之無神，今於化光之殁，怨逾深而毒逾甚，故復呼天以云云。

天乎痛哉！堯、舜之道，至大以簡；仲尼之文，至幽以默。千載紛争，或失或得，倬乎吾兄，獨取其直。貫于化始，與道咸極。推而下之，法度不忒。旁而肆之，中和允塞。道大藝備，斯爲全德。而官止刺一州，年不逾四十，佐王之志，没而不立，豈非修正直以召災，好仁義以速咎者耶？

宗元幼雖好學，晚未聞道，洎乎獲友君子，乃知適於中庸，削去邪雜，顯陳直正，而爲道不謬，兄實使然。嗚呼！積乎中不必施於外，裕乎古不必諧於今，二事相期，從古至少，至於化光，最爲太甚。理行第一，尚非所長，文章過人，略而不有，夙志所蓄，巍然可知。貪愚皆貴，險很皆老，則化光之夭厄，反不榮歟？所慟者志不得行，功不得施，蚩蚩之民，不被化光之德；庸庸之俗，不知化光之心。斯言一出，内若焚裂。海内甚廣，知音幾人？自友朋凋喪，志業殆絶，唯望化光伸其宏略，震耀昌大，興行於時，使斯人徒，知我所立。今復往矣，吾道息矣！雖其存者，志亦死矣！臨江大哭，萬事已矣！窮天之英，貫古之識，一朝去此，終復何適？

嗚呼化光！今復何爲乎？止乎行乎？昧乎明乎？豈蕩爲太空與化無窮乎？將結爲光耀以助臨照乎？豈爲雨爲露以澤下土乎？將爲雷爲霆以泄怨怒乎？豈爲鳳爲麟、爲景星爲卿雲以寓其神乎？將爲金爲錫、爲圭爲璧以栖其魄乎？豈復爲賢人以續其志乎？將奮爲神明以遂其義乎？不然，是昭昭者其得已乎，其不得已乎？抑有知乎，其無知乎？彼且有知，其可使吾知之乎？幽明茫然，一慟腸絶。嗚呼化光！庶或聽之。

按：温，字和叔，一字化光，河東人。温之生平，公嘗爲之誄，極所稱道，蓋不獨見之此文也。

爲韋京兆祭太常崔少卿文

維年月日甲子，京兆尹韋夏卿，謹以清酌庶羞之奠，敬祭于亡友故太常少卿崔公之靈。

惟靈率是良志，蹈其吉德，炳蔚文彩，周流學殖。孔氏之訓，專其傳釋，黄、老之言，探乎幽賾。六書奧秘，是究是索，叩爾玄關，保其真宅。藝成行備，披雲騁跡，康莊未窮，濛汜已極。嗚呼哀哉！

夙歲同道，從容洛師，接袂交襟，以遨以嬉。策駕嵩、少，泝舟瀍、伊，笑咏周星，其樂熙熙。丹霄可望，青雲可期，洛中十友，談者榮之。惟鄭洎齊，各登鼎司，或喪或存，山川是違。繄我夫子，宜相清時，命之不遐，

孰不悽悲？嗚呼哀哉！

往佐居守，及爾同寮，笑遨交歡，匪夕則朝。入同其室，出聯其鑣，投文報章，既歌且謡。及我爲郎，優游吏部，公爲御史，持憲天路。文陛徐趨，眷戀相顧，歡愛之分，有加于素。自我于邁，歷刺東吳，離憂十年，復會名都。余爲侍郎，銓總攸居，實得茂彦，奉其規模，聯事合情，又倍其初。我尹京兆，公亞奉常，步武相望，佩玉以鏘。謂保愉樂，長此翱翔，抱疾幾何，忽焉其亡。嗚呼痛哉！

原念往昔，愛均骨肉，我有書笥，盈君尺牘。寤言在耳，今古何速，失涕興哀，匍匐往哭。撫筵一呼，心焉摧剥，日月逾邁，佳城遽卜。素車千里，逶迤山谷，晦爾精靈，藏之斧屋。嗚呼哀哉！

丹旐即路，祖奠在庭，去此昭昭，就爾冥冥。敬陳泂酌，以告明靈，臨

觴永慟，庶寫哀誠。嗚呼哀哉！伏惟尚饗。

按：崔少卿，考之史傳未詳。惟摭諸表系，有崔隱甫之孫溉者一人爲太常少卿，當即此也。

祭弟宗直文

維年月日，八哥以清酌之奠，祭于亡弟十郎之靈。吾門凋喪，歲月已久，但見禍謫，未聞昌延，使爾有志，不得存立。延陵已上，四房子姓，各爲單孑，慥慥早夭，汝又繼終，兩房祭祀，今已無主。吾又未有男子，爾曹則雖有如無。一門嗣續，不絶如綫。仁義正直，天竟不知，理極道乖，無所告訴。

汝生有志氣，好善嫉邪，勤學成癖，攻文致病，年纔三十，不禄命盡。

蒼天蒼天，豈有真宰？如汝德業，尚早合出身，由吾被謗年深，使汝負才自棄。志願不就，罪非他人，死喪之中，益復爲媿。汝墨法絶代，知者尚稀，及所著文，不令沉没，吾皆收録，以授知音。《文類》之功，更亦廣布，使傳於世人，以慰汝靈。知在永州，私有孕婦，吾專優卹，以俟其期。男爲小宗，女亦當愛，延子長大，必使有歸。撫育教示，使如己子，吾身未死，如汝存焉。

炎荒萬里，毒瘴充塞，汝已久病，來此伴吾。到未數日，自云小差，雷塘靈泉，言笑如故。一寐不覺，便爲古人。茫茫上天，豈知此痛！郡城之隅，佛寺之北，飾以殯紖，寄於高原。死生同歸，誓不相棄，庶幾有靈，知我哀懇。

按：公同祖異父弟宗直，字正夫。集有《誌宗直殯》云，元和十年七月卒。祭文亦同是時作。

附録

柳子厚墓志銘

韓　愈

子厚諱宗元。七世祖慶，爲拓跋魏侍中，封濟陰公。曾伯祖奭，爲唐宰相，與褚遂良、韓瑗俱得罪武后，死高宗朝。皇考諱鎮，以事母，棄太常博士，求爲縣令江南。其後，以不能媚權貴，失御史。權貴人死，乃復拜侍御史，號爲剛直。所與游皆當世名人。

子厚少精敏，無不通達。逮其父時，雖少年，已自成人，能取進士第，嶄然見頭角，衆謂柳氏有子矣。其後以博學宏詞授集賢殿正字，俊傑廉悍，議論證據今古，出入經史百子，踔厲風發，率常屈其座人，名聲大振，一時皆慕與之交。諸公要人争欲令出我門下，交口薦譽之。

貞元十九年，由藍田尉拜監察御史。順宗即位，拜禮部員外郎。遇用事者得罪，例出爲刺史。未至，又例貶州司馬。居閒，益自刻苦，務記覽，爲詞章，泛濫停蓄，爲深博無涯涘，而自肆於山水間。

元和中，嘗例召至京師。又偕出爲刺史，而子厚得柳州。既至，嘆曰：是豈不足爲政邪？因其土俗，爲設教禁，州人順賴。

其俗以男女質錢，約不時贖，子本相侔，則没爲奴婢。子厚與設方計，悉令贖歸。其尤貧力不能者，令書其傭，足相當，則使歸其質。觀察使下其法於他州，比一歲，免而歸者且千人。衡湘以南，爲進士者，皆以子厚爲師。其經承子厚口講指畫，爲文詞者悉有法度可觀。其召至京師而復爲刺史也，中山劉夢得禹錫亦在遣中，當詣播州。子厚泣曰：『播州非人所居，而夢得親在堂，吾不忍夢得之窮，無辭以白其大人，且萬無母子俱往理。』請於朝，將拜疏，願以柳易播，雖重得罪，死不恨。遇有以夢得事白上者，夢得於是改刺連州。

嗚呼！士窮乃見節義。今夫平居里巷相慕悦，酒食游戲相徵逐，詡詡强笑語以相取下，握手出肺肝相示，指天日涕泣，誓生死不相背負，真若可信，一旦臨小利害，僅如毛髮比，反眼若不相識，落陷穽不一引手救，反擠之，又下石焉者，皆是也。此宜禽獸夷狄所不忍爲，而其人自視以爲得計，聞子厚之風，亦可以少媿矣。

子厚前時少年，勇於爲人，不自貴重顧藉，謂功業可立就，故坐廢退。既退，又無相知有氣力得位者推挽，故卒死於窮裔，材不爲世用，道不行於時也。使子厚在臺省時，自持其身已能如司馬、刺史時，亦自不斥。斥時，有人力能舉之，且必復用不窮。然子厚斥不久，窮不極，雖有出於人，其文學辭章，必不能自力以致必傳於後如今無疑也。雖使子厚得所願，爲將相於一時，以彼易此，孰得孰失，必有能辨之者。

子厚以元和十四年十一月八日卒，年四十七。以十五年七月十日歸葬萬年先人墓側。子厚有子男二人：長曰周六，始四歲；季曰周七，子厚卒乃生。女子二人，皆幼。其得歸葬也，費皆出觀察使河東裴君行立。行立有節概，重然諾，與子厚結交，子厚亦爲之盡，竟賴其力。葬子厚於萬年之墓者，舅弟盧遵。遵，涿人，性謹慎，學問不厭。自子厚之斥，遵從而家焉，逮其死不去。既往葬子厚，又將經紀其家，庶幾有始終者。銘曰：

是惟子厚之室。既固既安，以利其嗣人。

唐故柳州刺史柳君集

劉禹錫

八音與政通，而文章與時高下。三代之文，至戰國而病，涉秦、漢復起。漢之文，至列國而病，唐興復起。夫政厖而土裂，三光五嶽之氣分，太音不完，故必混一而後大振。初，貞元中，上方嚮文章，昭回之光，下飾萬物。天下文士，争執所長，與時而奮，粲焉如繁星麗天。而芒寒色正，人望而敬者，五行而已。河東柳子厚，斯人望而敬者歟！

子厚始以童子有奇名於貞元初，至九年，爲名進士。十有九年，爲材御史。二十有一年，以文章稱首，入尚書，爲禮部員外郎。是歲，以疏隽少檢獲訕，出牧邵州。又謫佐永州。居十年，詔書徵，不用，遂爲柳州刺史。五歲，不得召歸。病且革，留書抵其友中山劉禹錫曰：『我不幸，卒以謫死，以遺草累故人。』禹錫執書以泣，遂編次爲三十通，行於世。子厚之喪，昌黎韓退之誌其墓，且以書來弔曰：『哀哉！若人之不淑。吾嘗評其文，雄深雅健，似司馬子長，崔、蔡不足多也。』安定皇甫湜，於文章少所推讓，亦以退之之言爲然。凡子厚名氏與仕與年暨行己之大方，有退之之誌若祭文在，今附于第一通之末云。

文華叢書

《文華叢書》是廣陵書社歷時多年精心打造的一套綫裝小型開本國學經典。選目均爲中國傳統文化之經典著作，如《唐詩三百首》《宋詞三百首》《古文觀止》《四書章句》《六祖壇經》《山海經》《天工開物》《歷代家訓》《納蘭詞》《紅樓夢詩詞聯賦》等，均爲家喻户曉、百讀不厭的名作。裝幀採用中國傳統的宣紙、綫裝形式，古色古香，樸素典雅，富有民族特色和文化品位。精選底本，精心編校，字體秀麗，版式疏朗，價格適中。經典名著與古典裝幀珠聯璧合，相得益彰，贏得了越來越多讀者的喜愛。現附列書目，以便讀者諸君選購。

文華叢書

書目 一

文華叢書書目

人間詞話（套色）（二册）
三字經·百家姓·千字文·弟子規（外二種）（二册）
三曹詩選（二册）
千家詩（二册）
小窗幽紀（二册）
山海經（插圖本）（三册）
元曲三百首（二册）
六祖壇經（二册）
天工開物（插圖本）（四册）
文心雕龍（二册）
片玉詞（二册）
王維詩集（二册）
世説新語（二册）
古文觀止（四册）
四書章句（大學、中庸、論語、孟子）（二册）
白居易詩選（二册）
老子·莊子（三册）
西厢記（插圖本）（二册）
宋詞三百首（二册）
宋詞三百首（套色、插圖本）（二册）
李白詩選（簡注）（二册）
李清照集·附朱淑真詞（二册）
杜甫詩選（簡注）（二册）
杜牧詩選（二册）
辛弃疾詞（二册）

文華叢書

書目 二